그대역

그대역

채들 시집

쏠트라인
SALTLINE

시, 그와 함께

그를 머리 위에 모시고 산 적 있다

그러다가 등에 지고 다녔다
무거웠다

이러려고 그를 만난 게 아닌데
아닌데 싶어,

평생 손잡고 같이 가자고 했다

헌데 오늘은 약속도 흘러
그냥 손 놓고 같이 가자고 했다

차례

2부

3부

4부

1부

모과

찌그러진 달이
향기롭다

늦가을
나뭇가지에 걸린
서리 맞은 달

철새

신은 내가
이 세상에 올 때

그림자 하나
데리고 살다가

철이 바뀌면
반드시 돌아오라고

날개를 주셨다

자벌레 마음

어제는 꽃잎을 재고
오늘은 풀잎을 재고

내일은 자귀나무에 올라
강 건너 들도 재고
어림잡아 산도 재보겠지만

도무지 잴 수 없는 것은
흔들리는 이 마음
파도치는 그 마음

그대역

후드득, 꽃 지나가고
손 흔들며 단풍 지나가듯

소문처럼 그대 떠난 그날 이후로

가로수에 소복이 내려앉은 눈이
그대 환한 미소 같아서

계곡물 녹아 흐르는 소리
그대 목소리 같아서

양지꽃에 내려앉은 봄 햇살이
그대 온기 같아서

그대역 지나는 차창에
가만히 손 가져 댄다오

어디에도 없으나

어디에나 있는 그대

파도의 눈

재갈매기 떼 물갈퀴질이 파도를 일으킨다고 생각했네

잔파도가 물결의 어깨를 쳐 큰 파도를 일으키고 일으켜
해일로 자라는 거라고

파도가 파도의 멱살을 잡고 파도가 파도의 머리채를 잡
고 뒹굴다 벼랑에 부딪혀 하얗게 부서져 내리는 거라고

부서져 내리는 동안에도 거품 물고 파도가 파도를 향해
소리치는 거라고

내 안에 소용돌이치는 짙푸른 파도의 눈과 딱 마주치기
전까진

잠시

비 온 뒤
웅덩이가
구름을 품었다 놓아준다

웅덩이도 잠시,
다녀가는 중이다

잘게 물주름져 어리는
스쳐 간 얼굴들

파종

마른 나뭇가지를 꺾어다 꽂아도
금세 물오를 것 같은

자드락밭에
어머니를 심고 돌아오는 길

차창 밖은 이화 도화 물결로 한창이다

보슬보슬 비까지 내려
낼모레 삼우제쯤이면

금세 싹터,
새순 돋아날 것 같은 어머니

우는 거울

거울이 울게 내버려 둬

눈썹에 걸린 먹구름이
지나가고 있는 거야

얼어붙은 빙벽도 녹아
나무에, 풀꽃에, 노루의 실핏줄에
스며들었다가

흘러 흘러가듯이

흰구름도 먹구름도
다 지나가는 거야

거울이 울게 내버려 둬

산벚꽃 필 때

정사政事 얘기 역병疫病 얘기도
산바람 소리에 엮어
방석으로 깔고 앉은 한낮

찻물 따르는 소리에
길게 한숨 내쉬며 먼 산 바라보니
저 산이 뉘 산인지 아시오?
대뜸 먹물옷이 묻네

나라 땅인가, 도道 땅인가, 아니면 절 땅인가
생각이 산안개처럼 아득해질 때
보는 사람 것이오!
우리 절 약수도 떠먹는 자가 임자요!

지금쯤 내 고향 남쪽 산도
산벚꽃으로 활짝 웃겠다

진흙발

진흙밭에 담긴 두 발을
회색달이 뽑아 논둑에 올려주었다

진흙발인 채로 멍하니 논두렁을 걸었다
걸으면 걸을수록 진흙이 떨어져 나갔다

잠시 먹먹한 안개숲을 지나는 구간도 있었으나
금세 두 눈에 밀밭이 펼쳐지고

꽃무리가 피었다가
노래하며 흐르는 달이 담겼다

발바닥에 풀물이 번져도
코끝은 향기로워라

별이 뜨고 풀벌레 소리 우거진 마을에서
두 발이 춤을 춘다

그림자 DNA

얼려놓은 비밀이 흘러나왔다 눈치 빠른 그림자는 비밀의 본적을 바꿔가며 자기를 복제하고 증식시켜 지구를 점령해 갔다

지구인들은 입을 막고 비밀의 군단 앞에서 떨어야 했다 배웅 없는 이별이 관을 입고 줄지어 가고, 두려운 탄생과 박 수를 아끼는 결혼식이 치러졌다

마스크 쓴 올림픽은 관중 없이 장례식처럼 개막되었다 입을 막은 사람들이 내미는 손은 공중에 떠 있고 아이들은 입 가리는 것부터 배워야 했다

비밀의 DNA가 그림자와 연결되어있다는 것을 모르는 이는 없다 대상을 헤치기 위한 맹독을 제 안에 얼려놨으나 녹아내린 비밀은 공멸에 이르게 하는 바이러스답게 임무에 충실했다

일순간 국경 없는 전쟁이 발발했다 전쟁에 나선 장수들은 갑옷 대신 흰 전투복을 입고 비밀의 군단을 정복하러 나섰다 그림자 바이러스와 대치한 채 목숨 걸고 인류를 구하러 나섰다

그림자 DNA는 얼굴을 가리고 얼버무렸으나 오리발 같은 중국단풍이 붉게 물들어갈 무렵 그의 본적을 가리키는 손들은 일제히 한곳을 향하고 있었다

고마리꽃

내 별을 따 들고 빗속을 걷던 이 있었네

흠뻑 젖은 채 뒤따라 걷다가
그의 등에 업혀 불은 냇물을 건널 때

그의 주머니에서 빠져나간 별이 떠내려가는 것을 보았네

그건 그의 별이었네
그는 그 별을 잡으려다 내 별도 놓쳐버려
내 별이 그 별을 따라갔네

별을 놓쳐버린 그날 밤 냇가에서
우린 끌어안고 개울물 넘치듯 울었네

훗날 별들이 궁금해 에돌고 돌아 하류를 찾았을 때

떠내려간 별이 새끼를 치고 쳤는지
고마리꽃이 흐드러지게 피어있었네

활짝, 동백꽃

활짝 웃으며 살려고요

흔들릴 때나

질

때

도

미소 잃지 않으려고요

자작나무경

가을을 입은 자작나무숲이
있는 그대로
자연이고
치유고
평화여서

나 오롯이
자작나무경을 읽네

그 말씀의 숲에 들었네

새장 속의 새

새장 속의 새는
새장 밖으로
고개를 쑤욱 내밀어
하늘을 쪼아다,
새장 안에 쌓는다

하늘이 쌓이면
훨훨 날아가려고

2부

주인

남산 자드락밭
손바닥만한 밭뙈기에
주인 백 팻말이 우뚝 서면서

상추 아욱 부추 치커리
푸성귀들이 일제히 떠나고

망초 방가지똥 지칭개 민들레…
풀들이 꽃을 들고 찾아왔다

진짜 주인이 나타났다

순리

민들레를 캐러 왔는데
어느새 갈대가 우거져
민들레는 보이지 않고
개복숭아가
주렁주렁 열려 있는 것이

난 오늘
개복숭아를 따러 온 것이다

저녁 무렵

묵은 바람이 돌고 가는 절터에
홀로 서 있는 돌탑

이끼 낀 세월 한 벌 곱게 짜 입고
비를 맞는다

멀리, 시간의 칠 벗겨진 양철지붕 아래
묶여있는 개 한 마리

컹컹, 해거름 물어뜯는 소리

쇠줄 풀고 날아와
돌탑에 부딪쳐

메아리 되돌아가다 길 잃고
내川로 떨어져 옹얼옹얼 흐른다

설악의 가을

자욱한 걸음으로
무산선사霧山禪師
다녀가신 후

무슨 말씀
빽빽이 남기셨길래

설악의 귀때기가
빨갛다

알곡이나 쭉정이나

스님, 저이는 분명
해를 끼칠 위인입니다
가까이 하지 마십시오

승려가 알곡만 찾으면
되겠습니까?

저는 쭉정이도
필요합니다

나비도

애벌레인 적 없는
나비가 없듯이
나비도 나비를 벗으면
허공을 입겠지

저 구름은
나비가 벗어놓은 오늘
저기 어디쯤에 있을 나비도

언젠가는 나도
안개꽃 같은 구름 한 아름 안고
다다를 그곳, 나비도

오늘이 나의 어디쯤이지?
날개 없는
발바닥이 가렵다

도둑놈가시

도둑놈가시가 훌쩍 내 등을 타고
도시로 잠입해와서는

나를 훔쳐 타고
어디론가 가고 있다

나를 타고
나를 몰고
나를 채찍질하며
어디로 바삐 가는 걸까

내 주머니 속 나침반은
고장 난 지 오래

선들댁

된장에 깻잎 장아찌 박아 넣고 눌러놓듯 여자는 '8자는 뒤집어봐야 8자지' 되뇌다 백발이 되었다

밤이면 안으로 문고리 걸어 숟가락 꽂아두고 담 너머로 길게 뻗은 감나무 가지가 창호지문을 긁다 가곤 했다
그렇게 눈뜬 밤이면 꿈결인 듯 대문 앞에 홍살문이 세워지기도 했다

신발 밑창에 찰흙처럼 붙어 다니던 말 '과부'

생의 늦가을 그녀를 다녀간 해가 감나무에 주렁주렁 매달려 있었다

외할머니

간짓대 들어
익은 감 다 따
차에 실어주고

비쩍 마른 손
흔들어 보내는
저 감나무 가지

안개 속으로
멀어져 갑니다

산골에 들어

일생의 벗과 산골에 들어

월요일엔 술을 빚고

화요일엔 차를 덖고

수요일엔 산나물과 버섯을 따고

목요일엔 묵을 쑤고

금요일엔 단술을 만들어

토요일에 지인들 불러

날이 새도록

술잔에 달을 키워 마시고

찻잔에 해를 우려 마시며

그렇게 무럭무럭 늙어가리

비와 수양버들

누런 떡잎이 바람의 팔짱을 끼고 날아간다 멀리 날지 못한다

하늘에서 뛰어내리는 비의 발치에 걸려 넘어진다 떡잎 위로 찍히는 수만 비의 발소리

나는 안개 그물에 걸린 시선 하나로 떡잎을 끌어안는다 치렁치렁 머리카락 늘어뜨린 채 널 부른다

젖은 입술 달싹거릴 때마다 무른 나이테 속으로 흘러드는 붉덩물 소리
쌓인 비의 발자국을 타고 뛰어든다 급물살을 탄다

내 머릿속 새의 둥지 안에서는 으슬으슬 떠는 밤이 않는 소리를 낸다

홍련紅蓮

외발로
비 맞고 서 있는
홍학紅鶴이로구나

어느 질척한 인연으로
한 발 접어 가슴에 묻고
한 발 진흙에 푸욱 빠뜨린 채
저리 파닥이는가

날지도
머물지도 못하고

이별

봇짐 싸 들고
산문山門을 나설 때

쓰윽, 김행자님이 내민
머리빗 하나

"난 이제
필요 없을 것 같아서요"

거미의 해

거미가 서쪽 하늘에
그물을 던져 놓았다
해 지나가는 길목이다

드디어 빨갛게 익은 해
그물에 걸려 흔들거린다

거미가 군침을 흘리며
살금살금 해 따러 가는데

한 입 깨물어보기도 전에
그물을 걷기도 전에

미꾸라지 해, 바다로 미끌
빠져나가 버린다

'앗! 다 잡았는데 놓쳤네'

거미는 다시 그물을 손질한다

설익은 해

뼈 시리게 떨리는 가랑잎

어슷어슷 허공을 썰어
자박자박 가마솥에 앉힌다

두꺼운 바람을 그어 지피는
아궁이 위로
펄펄펄
끓어 넘치는 눈보라

뜸 들이기도 전에
난 또,
설익은 해만 삼키지

처마 끝 물고기

큰 절이 저를 놔두고
어디 갈까 봐

처마 끝 꼭
붙들고 사는 물고기

그래도 심심하면 풍경소리로
산 아랫마을까지

댕그랑 댕그랑
마실 갔다 온다

3부

봄밤

아이들이 돌아가
잠든 밤

놀이터 모래밭

뛰어노는 발자국들이
쑥쑥 자란다

출가

십수 년 키우던 난을
선운사 뒷산에 심어주고 돌아온 날

어둠이 내려앉은 화분에
빗소리 쌓인다

걱정이 비에 젖어 흘러내리는 밤

이리저리 서성이며
다시 생각해봐도

그 산에 출가시키길 잘했다

초여름

뻐꾹— 뻐꾹—

이 산 저 산
메아리를 심어 키우는
뻐꾸기 소리에

산딸기 볼이
빨개졌다

철새와 강

금강하구에 철새가 날아와 몸을 담그고 지내다 날아가
버렸다

철새도 철새인 걸 깜빡 잊고, 강도 철새인 걸 깜빡 잊고,
아득히 흩날리는 눈발 속에서 서로의 체온을 나누고 말
았다

철새가 다른 강으로 날아가 몸을 담그고 사랑을 나눌 때

그때야 강은
철새가 철새인 것이 아니라 사랑이 철새인 걸 알았다

상사화

내가 잎이었을 때
넌 꽃이었다가
내가 꽃이었을 때
넌 잎이었다가……

너를 찾는 것이
나를 찾는 것인데

이번 生에도
널 찾으러 왔다가
나도 못 찾고 가려나 보다

거울섬

거울섬으로 고기 잡으러 갔다 돌아오지 않는 신혼
거울에 빠져 어디로 헤엄쳐 가고 있나

배를 버린 시절에서 이는 소용돌이
흐린 흑백 필름으로 돌다가도
눈 속에 몇 송이 매화가 터지고
솜이불 속 일구던 목화밭에 꽃이 피어
두툼하게 웃던 웃음이
여전히 늦잠에 들어 있을 것 같다

세월이 가도 과거는 늙지 않고
요상한 세월만 허리가 굽고 흐릿한 눈에선 파도가 인다

거울 속 요부를 만나 돌아오지 않는 걸까
무인도 어디쯤에서 한 살림 차린 걸까
헤엄쳐서라도 뭍에 두고 간 신혼집 찾아올 것 같은데

하염없이 어디로 헤엄쳐 가고 있나

치마폭에 남겨진 노모는 치매밭을 일구는데
붙잡아놓으면 다시 문밖 바람 따라 떠도는데

거울이 깨져야 오려나 돌아오려나
앙상하게 드러난 갈비뼈에선
억새가 다리를 뻗어 바다 쪽을 향해 하얀 씨앗 날리는데
거울이 깨져야 오려나 내가 보이려나

능소화

담 너머로 고개 내밀지 마라
떠난 임은 님이 아니라 이미 남이니

눈멀도록 사랑한다는 말
사랑이 아니라 집착이니

기다리다 기다리다
뚝뚝,
꽃 떨어지는 슬픔아

봐라, 봐!
거울 좀 들여다보란 말이다!

청춘이 통째로 지는구나
소화야, 이 어리석은 사랑아

계수나무

해를 연모한 벌이었을까

깨지게 아픈
달가슴
금 간 자리

옥도끼로 제 가슴
찍은 자리

아, 베어 넘어가지 않는
외사랑!

노루와 여배우

눈 속에 노루를 키우던 여배우가 꺼낼 수 없는 노루를 스크린 속 줄거리로 엮어놓고
극도의 우울증에 시달렸다 하네요

보다 못해 가죽으로 된 혁대가 하얀 우울증의 목덜미를 스크린 바깥 공중에 매달아 질식사시켰다는군요

연기의 마지막 장면을 찍듯 갈아입은 의상의 옷감은 꽃 떨어지고 잎 진 오동나무였다지요

그녀의 허파 속으로 들어가길 거절당한 바람이 뒷걸음쳐 짙은 향기를 몰고 다니는 곳, 뿌리 잘린 흰 국화들의 웃음소리 발가락도 없이 뛰어다녔다 하고요

어울리지 않게 차려입은 그녀는 예술의 가쁜 숨소리 저너머 불꽃으로 타올라 공중의 정원 꽃가루로 뿌려지고요

그러니까 그 여배우

제 안에 키우던 노루를 잡은 거죠

노루를 꺼내 놓아주는 법을 모른 거죠

부운사浮雲寺

손바닥 위에 앉아있는 매미껍질이
부운사 삼층석탑을 돌고 있네
매미껍질 속으로 들어간 나는
투명한 창을 닫고 발등에 떨어진
내 갈비뼈를 주워 피리를 부네
몸속 처녀림에서 흘러나오는 바람 소리
매미껍질 속에 흥건히 고여
흐를 수 있도록 하늘의 배를 가르네
넘실넘실 흘러나가는 가락이
길어다 붓는 푸른 매미 소리
몸속 처녀림에서 맨발로 뛰노는
어린 내 발을 씻어주네
쏟아놓으면 금세 날아가 버리는
매미 소리 따라 뒤쫓아간 피리 소리
길을 잃은 건지 저를 잃은 건지
부운사 깊은 계곡으로 사라져

영영 되돌아오질 않네

부운사 삼층석탑을 돌던 매미껍질도

눈시울 퉁퉁 부은 계곡물에 휩쓸려 떠나고

화장지

나무의 나이테를 풀어쓰고 있다

얼마나 남았을까

일회용인,

내 삶의 나이테

눈 감은 지팡이

안개 한 필 끊어다
장삼 지어 입고
첩첩산중으로 들어가는 노승

이쪽으로 가나
저쪽으로 가나
세상사 안개 속이라고

더듬더듬 휘저으며
눈 감은 지팡이 따라가네

집오리 날다

우리 속 날개는 희망인가, 고문인가

닭처럼 붉은 항의로 새벽을 찢어놓지도 못하고
천형인 듯 원죄인 듯
누군가의 발뒤꿈치에 밟혀 내지르는
마지막 고통 같은 언어 꽥!

긴 목에 꽥! 소리만 장착한 채
뒤뚱뒤뚱 떨어진 단풍잎 무늬만 땅에 찍는다

몸집은 키울수록 뒤뚱거리는 우주 어지러워라

덥석, 어느 입을 통과해서라도
은하수 강물 거슬러 올라가서라도

묵은 날개 버리고 새 날개 달아

날아오르리, 하늘 깊숙이 날아오르리

매화밭

매화밭으로
거름 한 짐 지고 들어간 노인

매화꽃 향기는
열두 짐 부려놓았네

벚꽃잔치

동네 아낙들이
벚나무 아래서 파전을 부치네

꽃잎이 파전으로 떨어지네

출렁이는 막걸릿잔에서
벚꽃가지가 춤을 추네

꽃눈이 내리네

막걸릿잔에 담긴 것이
지는 봄인지 피는 봄인지

출렁이며 내 안으로 흘러드네

고목

다 버리고
고스란히

눈 맞고 서 있는
저 선승

버림으로 해서
채우는 것이겠지

4부

산벚꽃

누가 알아줘서 피고

누가 안 알아줘서 안 피나

약속도 흘러

언제나 기다릴게 기다릴게
읊조리며 흐르는 강물에

언제나 달려갈게 달려갈게
속삭이던 산벚꽃 지네 흩어지네

산 그림자 들어 누운 자리
노을이 깊숙이 물들어 번지건만

품어도 품은 것 같지 않고
피워도 피운 것 같지 않은 세월이

강물에 섞이어 어른거리네

사랑

계수나무 흰 가지에 핀 구름이었나

허름한 마음의 잔가지 흔들며
하르르 떨어지는 눈꽃이여

쉴 새 없이 몸을 뒤치는 바다의 뺨에
닿자마자 녹아버리는 허무여

태양의 입맞춤에 뿌옇게 머리를 풀고
내 몸에서 빠져나가는 안개여

그칠 줄 모르는 파도의 울음 속으로
걸어 들어가는 모래펄 위 발자국들

달 속 흰 나뭇가지에 핀 구름이었나

초록 낙엽

검은 리본을 단 액자 안에서 초록잎이 웃고 있네
굳은 미소 너머로 떨어진 잎이
벽을 사이에 두고 화장을 하네

한 세계의 문을 열고 나가기 위해
분을 바르고 립스틱을 바르고 속눈썹을 들어 올리는데
좀처럼 화장이 먹질 않네

비릿한 밤꽃향기가 에워싸고 있는 곳
한 정원을 일구다 손놔버린 수꽃이 서성이고
마지막 손 붙들고 체온을 나누던 잎사귀는 울부짖네

젖은 잎사귀들 사이에서 막 눈 뜬 새싹 두 잎
터를 잃은 어린 것들을
뿌리내리도록 품어 줄 땅은 어디에도 보이지 않네

기억은 이미 폐지처럼 비에 밟혀 질척거리고

커다란 연통 위로 흰 새 한 마리 날아가네

하얀 치마

무덤 속에 백련꽃 한 송이 피어 있네
하얀 치마가 두 손 모으고 있네
떠놓은 정화수엔 별처럼
세상에 떨어뜨린 씨앗 한 톨 담겨 있네

기억이라곤 이장할 때
상자에 가지런히 눕혀 옆좌석에 태운 것뿐인데
그리 고향길 함께 달려본 것뿐인데

간절한 것은 생사의 경계를 허물어뜨리는지
꿈속에 둥지 틀고 사는 열아홉 어머니
마흔 넘은 자식 위해 손 모으고 있네

뻐꾹새 소리 는개처럼 흩어져 흥건한 언덕
날 세상에 꺼내준 흰 꽃송이 앞에 엎드려
어머니, 입속말로 불러 보네

그럴 때마다 일곱 달 된 내가

죽은 어미 붙들고

젖 달라 보채더란 말이 전설처럼 맴도네

창포꽃 입술

네모난 세상을 끄고
눈 감으니

귀가 열리고
마음의 창도 열려

새소리 날아들고

내 사유의 못에
창포꽃 입술 연다

백련

청운사 가는 길 연못에
학들이 서 있다

경을 읽고 있는 중이다

외발로 서서 읽는 경소리
은은한 향기로 퍼진다

다 읽고 나서 학의 무리
흰 날개를 펴고

못 속 깊은 하늘로 날아간다

떠난 자리에
설법 하나씩 남아 있다

구름발

나비를 따라다니고
구름에 휩쓸려 다니다 지쳐
주저앉았네

어지러워라
수수 날을 휩쓸려만 다녔으니
어디 뿌리내릴 새가 있었나

주저앉은 자리에서 들여다본 거울엔
또다시 무언가를 따라나서야 하는데,
무리 지어 가야 하는데 하는 눈빛이

저도 모르게 훌쩍
거울 너머로 와 목을 감네

불안이 불안을 껴안고 목을 조르네

호주머니에 사는 새

날아오르며 우는 소리에

천지가 구겨지네

날아간 새

품에서 날아간 새, 화살이 되어 되돌아와 그녀를 명중시
킨다

가슴 움켜쥐고 어금니로 깨문 통증이 흘러나올 때마다
제 그늘에 자라는 어린나무 뿌리째 흔들린다

알코올로 통증을 마비시켜 노래하던 날들
그런 밤도 얼기설기 쌓아놓은 방파제와도 같아 끝내 봇
물 터지고

심장에 박힌 화살촉에서 울려 퍼지는 진동이
두드러기처럼 살갗을 뚫고 꽃눈 틔운다 활활 타오르다
송두리째 떨어진다

여자가 떨어지는 꽃을 품고 노을 속으로 날아간다

어찌 그녀라고 내면에 수련 한 송이 띄우고 싶지 않았겠는가

백발, 눈발

눈을 털며 드르륵 문 열고 들어서는 남자

　그와 마주 앉아 머리 고기 한 접시 시켜놓고 막걸릿잔 부
딪치니 얼었던 몸이 녹는다

눈발이 세상에다 빗금을 그으며 내려도

순댓집 여자가 내미는 풍만한 뚝배기는 따뜻하고

마주 보며 나누는 웃음은 하회탈이 되어 이어간다

앞보다 뒤돌아볼 것이 많은 백발은 살아있는 고서古書

낡았지만 형형한 눈빛이

퇴적한 주름의 역사서를 꺼내 펼쳐도 보련만

　웬만한 건 내려놓고 건너뛰는 견자見者가 되어 허허로운
미소 술잔에 띄워 마신다

지난봄 사과나무밭에 애인愛人을 심었다는 백발

그와 순댓국집 입구 돼지머리 미소와 헤어져
취한 발자국 찍으며 거처를 찾아가는데

어지럽게 눈발 날리며 하얗게 펼쳐진 세상

내일이면 발자국도 녹겠지
녹은 발자국 열고 늦봄이 찾아오면 안면 있는 풀꽃 몇 피
어 다정하겠지

해바라기 군단

옆구리에 새을[乙]자 새기고 달리는 전차
이기러 가는 행렬인가
지러 가는 질주인가

진흙땅에 처박혀 녹슬어가는 역사
피 튀기며 써 내려간 혈서

누굴 위해, 무엇을 향해 달리는 걸까
천하통일이
천하괴멸로 읽힐 뿐

으깨지고 터지고 박살 난 땅에도 봄은 와
죽은 군인의 호주머니에서 해바라기 싹이 돋는지
대지가 굼실거린다

때가 되면 감은 눈들이

해바라기꽃으로 피어

중심에 총알 같은 씨앗 촘촘히 장착한 채

일제히 태양을 향해 총구 겨눌 텐데

이 밤도 전쟁 전야인가

봄밤에 내리는 빗소리 어지럽다

라라라

그곳으로 향하는 시선을 끄고
무심해야지

느리게 고개 돌리고
걸음도 곡선을 그리며 걸어야지

허공에 마음 둥둥 띄워놓고
별과 놀아야지

마음 가는 대로 발길 닿는 대로 어슬렁거리다
산딸기도 따먹고 오디도 따먹고

눈 오면 연못처럼 오는 눈 다 받아 안고
꽁꽁 얼어야지

어느 따스한 입김에 녹아 흐를 때까지

깊고 깊은 꿈 꾸어야지

그러다가 처참하게 버려지면

머리에 꽃 달고
라라라 자유를 입어야지

교만

싹부터 자를까
뿌리부터 자를까
고민한다,

손 베인 적 있네

이른 봄
마늘을 까다가

돌탑

누구의 소원일까
차곡차곡 쌓여있다

가장 높은 곳에 있는 돌은
불안한 소원이 되어
가장 낮은 곳에 있는 돌은
소원을 받쳐주는 소원이 되어
탑을 이루고 있다

소원이 깃들어 있지 않은
돌도 하나 끼어 있다

돌의 마음이 무거울까 봐
아무런 소원 없이
내가 올려놓은
납작 돌 한 개

새해

찾아가지 않아도
맞이하러 가지 않아도

해 찾아오고
달 찾아오고
꽃 찾아올 테니

차 우려놓고
거문고 소리나
풀어놔야겠다

해설

만상의 모습으로 다가오는 '그대'

고명수(시인, 전 동원대 교수)

1. 근원에 대한 그리움의 낭만적 서정

시는 마음의 풍경을 보여준다. 첫 시집 『허공 한 다발』에서 채들의 시가 보여준 풍경은 "물결치는 삶"에서 상처 받고 흔들리며 어디론가 "영원한 삶으로 가는 약초를 캐러 다니"(「내 몸이라는 옷은 할머니를 입어볼 수 있을까」)는 심마니의 행보를 보여주거나, 집도 절도 없는 나그네의 남루한 모습(「문 밖의 말」), 쇠락해가는 농촌의 정겨운 풍경이나 쓸쓸한 조락의 풍경(「마늘밭」) 혹은 소외된 사람들의 한과 그리움을 그린다. "왜 난 점점 나로부터 어긋나고 있는 걸까?"(「확신」) 이러한 자신의 존재에 대한 근원적인 질문은 세계와의 불화不和에서 파생된다. 자아와 세계와의 상충에서 오는 근원적인 소외감, 혹은 이질적 존재감은 시인으로 하여금 충족된 소망스런 세계를 동경하게 한다. 채들 시의 이러한 특성은 그의 시를 낭만주의 시로 읽게 한다.

낭만주의는 동경을 특징으로 한다. 시간적으로는 흘러간 시간, 혹은 아득한 과거를 그리워하고, 공간적으로는 미지의 세계를, 심리적으로는 아름다운 사랑의 세계를 그리워한다. 그래서 채들의 시는 비상과 동경과 그리움으로 가득하다. 낭만주의는 원래 뿌리 뽑힌 채 유랑하는 민족의 향수와 동경이라는 낭만적 감성에 기초하여 발전해 왔다. 그러므로 낭만주의 시인의 시는 자연 내재적인 영혼과 직관의 순수성이 두드러진다. 채들의 시 역시 유랑하는 집시의 낭만적 감성으로 가득하고 자연친화적이며 환상적 요소가 다분하다. 그것은 구체적으로 연속적 세계관과 신체적 상상력, 만물교감과 불교적 구도의식 등으로 나타난다.

이러한 세계와의 불화와 존재의 근원에 대한 소외감 속에서 시인은 자기존재증명과 자아동일성을 확인하고자 시를 쓰는 일을 반복하게 된다. 시작 행위를 통해서 시인은 자기 자신을 성찰하고 자기의 이미지를 거울에 비춰보는 것이다. 이제 채들의 시를 읽어가면서 그의 시가 펼쳐 보이는 마음의 행로를 따라가 보기로 하자.

2. 마음수행으로서의 시, 평상심의 도

이번 시집은 채들의 두 번째 시집이다. 첫 시집에 비해 길

이가 좀 더 짧아지고 언어가 간결해지고 함축미가 두드러진다. 이번 시집에서 채들 시인의 시에 임하는 자세가 이전의 엄숙하고 강박적인 자세에서 한결 친근해지고 자유로워졌다. 그것은 시집 첫머리에 놓인 「머리시」 시에서 확인할 수 있다.

> 그를 머리 위에 모시고 산 적 있다
>
> 그러다가 등에 지고 다녔다
> 무거웠다
>
> 이러려고 그를 만난 게 아닌데
> 아닌데 싶어,
>
> 평생 손잡고 같이 가자고 했다
>
> 헌데 오늘은 약속도 흘러
> 그냥 손 놓고 같이 가자고 했다
> ─「시, 그와 함께」 전문

시를 "머리 위에 모시고" 살거나 "등에 지고 다니"던 시절은 시에 대한 과도한 중압감에 짓눌려서 시가 원래 지니고 있는 아름다움과 기쁨을 마음껏 누리지 못한 채 억압과 고통의 상태에 머물던 때였을 것이다. 그러한 상태에 대한 반성을 거쳐 이번 시집에서는 그 무게를 조금 내려놓고 좀 더 친근하게 시에 다가가기로 한 듯하다. 그래서 "평생 손잡고 같이" 가기로 하고 한 걸음 더 나아가 "그냥 손 놓고 같이 가자"고 함으로써 시라는 존재의 틀과 억압으로부터 벗어나 좀 더 자유로운 포즈를 취한다.

첫 시집의 말미에 붙은 시론 「차 덖기, 마음 닦기」를 보면 채들 시인에게 있어서 시를 쓰는 일은 곧 "차를 덖는 일"이나 "마음 닦는 일"과 동일한 맥락의 일로 인식됨을 알 수 있다. "떫은 맛 나는 감잎이나 비릿한 뽕잎을 채취해 손질"하여 이것들을 "어르고 달래듯 찌고 말리고 덖어서" "차 한 잔으로 나오기까지 참으로 오랜 기다림과 노고가 필요"하듯이 "잘 발효된 시 한 편"을 만들어내는 과정도 그와 같다는 것이다. "들떠있던 마음도 가져다 덖고 날 선 마음도 가져다 덖고 한없는 욕망과 맵고 쓰고 비릿한 마음까지 가마솥에 넣고 덖는" 과정을 통해 한 잔의 차가 만들어지듯이, 한 편의 시를 쓰는 과정도 "스스로를 닦고 세상을 향기 나게 하는 일"이니 결국은 마음을 닦는 과정, 곧 마음수행의 과정이 되는 것이다. 한 편의 시는 곧 그 시를 쓴 사람 자체를 대변하는 것이니 "잘 덖어진 차처럼 깊고도 은은한 향기가 풍겨져 나오"는 시는 시인 본인뿐만 아니라 "세상을 맑게

정화해주는 역할"을 하게 된다는 것이 시인 채들의 시에 대
한 생각인 듯하다.

어제는 꽃잎을 재고
오늘은 풀잎을 재고

내일은 자귀나무에 올라
강 건너 들도 재고
어림잡아 산도 재보겠지만

도무지 잴 수 없는 것은
흔들리는 이 마음
파도치는 그 마음
─「자벌레 마음」 전문

수만 가지 번뇌로 가득한 인간의 마음을 불교에서는 잔
나비, 즉 원숭이의 마음에 빗대곤 한다. 원숭이의 행동을 관
찰해 보면 잠시도 가만히 있지를 못한다. 그처럼 인간의 마
음도 잠시를 가만히 있지를 못하고 번뇌를 일으킨다. 어제
의 마음과 오늘과 내일의 마음이 다르니 생각도 달라질 수
밖에 없다. 그래서 화자는 "도무지 잴 수 없는 것"은 "흔들

리는 이 마음"이요, "파도치는 그 마음"이라고 고백한다. 화자의 마음 속엔 언제나 "내 안에 소용돌이치는 짙푸른 파도"(「파도의 눈」)가 일렁이고 있는 것이다. 그러니 "내 주머니 속 나침반은/고장 난 지 오래"(「도둑놈가시」)이고 "내 머릿속 새의 둥지 안에서는 으슬으슬 떠는 밤이 앓는 소리를 내(「비와 수양버들」)"는 것이다. 그래서 화자는 언제나 변함없이 고요한 미소를 짓는 동백꽃을 닮고 싶어 한다.

활짝 웃으며 살려고요
흔들릴 때나

질
때
도

미소 잃지 않으려고요
—「활짝, 동백꽃」 전문

살다 보면 마음이 흔들릴 때도 있고, 좌절과 절망으로 인해 포기해야 할 때도 있을 것이다. 화자는 언제나 변함없이 활짝 웃으며 미소를 잃지 않기로 스스로에게 다짐한다. 분

노나 슬픔, 기쁨 등의 감정의 기복이 없이 평안하면서 고요
한 마음을 평정심이라고 한다면, 어떠한 상황에서도 마음
이 동요되지 않고 평상시의 감정 상태로 있는 일상적인 마
음을 평상심이라고 할 수 있다. 불교에서는 이러한 평상심
이 곧 도道라고 말한다. 즉 분별 망상이 쉴 새 없이 일어나
는 중생의 마음이 아니라 일시적인 느낌이나 감정에 머물
지 않는 무위행의 마음, 즉 불보살의 마음을 가리킨다. 이러
한 평상심의 마음을 지닐 때 다음과 같은 배려의 마음도 가
능하지 않을까?

누구의 소원일까
자꾸자꾸 쌓여있다

가장 높은 곳에 있는 돌은
불안한 소원이 되어
가장 낮은 곳에 있는 돌은
소원을 받쳐주는 소원이 되어
탑을 이루고 있다

소원이 깃들어 있지 않은
돌도 하나 끼어 있다

돌의 마음이 무거울까 봐

아무런 소원 없이

내가 올려놓은

납작 돌 한 개

— 「돌탑」 전문

  중학교 1학년 생활국어 교과서에 수록되어 있다는 위의 시는 '돌탑'을 소재로 하여 욕망과 소원으로 가득한 이 세상의 모습을 보여주고 있다. 『유마경』에 나오는 '이 세상은 보살들이 흘린 피로 지탱되고 있다'는 말이 생각난다. 이 세상은 위의 시처럼, 가장 높은 곳에 있어 "불안한 소원"을 지닌 사람들과 가장 낮은 곳에 있어 "소원을 받쳐주는 소원"들, 그리고 모든 욕망과 소원을 초월한 보살의 돌도 하나 끼어 있어 세상이 유지되는 것이 아닐까? "돌의 마음이 무거울까 봐 아무런 소원 없이 올려놓은" 화자의 "납작돌 한 개"는 바로 화자가 바라마지 않는 무심의 돌, 평상심의 돌이 아닐까?

3. 존재의 근원적 불안과 자유에의 갈망

  많은 시인들은 스스로를 하늘에서 죄를 짓고 지상에 유

배 온 죄인이라는 인식을 지니고 있는 경우가 흔하다. 이태
백이 그렇고 보들레르가 그렇고 노천명이 그렇다. 그들은
하늘에서 죄를 짓고 지상에 유배와 있기에 지상의 생활에
는 잘 적응하지 못하고 늘 두고 온 고향을 그리워하여 지상
을 떠돌거나 방황한다.

새장 속의 새는
새장 밖으로
고개를 쑤욱 내밀어
하늘을 쪼아다,
새장 안에 쌓는다

하늘이 쌓이면
훨훨 날아가려고
— 「새장 속의 새」 전문

위의 시에서 보듯 화자의 객관적 상관물은 "새"이다. 새
는 새장 속에 갇혀 있다. "새장"이란 시간과 공간의 한계에
갇힌 존재의 조건을 상징한다. 생명을 지닌 모든 존재는 이
조건을 벗어나기 힘들다. 그래서 시인은 틈틈이 상상력을
동원하여 유한한 존재의 조건을 벗어난 자유의 세상을 꿈

꾼다. 새는 틈날 때마다 "고개를 쑤욱 내밀어" 하늘을 쪼아다 모은다. 내면의 힘을 모으는 것이다. 그것은 유한한 존재의 조건을 벗어난 자유의 비상을 위해서일 것이다. 그것은 시 「집오리 날다」에서도 "묵은 날개 버리고 새 날개 달아/날아오르리, 하늘 깊숙이 날아오르리" 라고 노래하는 데서도 확인할 수 있다. 화자는 왜 현실을 벗어난 이상세계를 꿈꾸는 것일까? 그것은 아마도 다음의 시에서 보듯이 현실에 정착하지 못한 불안과 "뿌리내리지" 못한 현실에서 유래하는 것으로 보인다.

나비를 따라다니고
구름에 휩쓸려 다니다 지쳐
주저앉았네

어지러워라
수수 날을 휩쓸려만 다녔으니
어디 뿌리내릴 새가 있었나

주저앉은 자리에서 들여다본 거울엔
또다시 무언가를 따라나서야 하는데,
무리 지어 가야 하는데 하는 눈빛이

저도 모르게 훌쩍
거울 너머로 와 목을 감네

불안이 불안을 껴안고 목을 조르네

호주머니에 사는 새
날아오르며 우는 소리에
천지가 구겨지네
—「구름발」전문

   화자가 현실에 잘 적응하지 못하고 방황하는 것은 "나비를 따라다니고 구름에 휩쓸려 다니"던 화자의 낭만적 기질에서 초래된 것이 아닌가 싶다. 화자는 무리에서 낙오된 자의 자의식과 불안 때문에 "불안이 불안을 껴안고 목을 조르"는 압박감에 시달리기도 한다. 화자의 "호주머니에 사는 새"는 끊임없이 날아오르며 우는 소리를 낸다. 이러한 자유와 비상에의 의지는 "천지"를 구겨지게 한다. 즉 유배지의 세상에 사는 시인에게는 세계와의 불화를 견디고 이겨내며 새로운 기회를 모색해야 하는 숙제를 안게 된다.

   그곳으로 향하는 시선을 끄고
무심해야지

느리게 고개 돌리고
길음도 곡선을 그리며 걸어야지

허공에 마음 둥둥 띄워놓고
별과 놀아야지

마음 가는 대로 발길 닿는 대로 어슬렁거리다
산딸기도 따먹고 오디도 따먹고

눈 오면 연못처럼 오는 눈 다 받아 안고
꽁꽁 얼어야지

어느 따스한 입김에 녹아 흐를 때까지
깊고 깊은 꿈꾸어야지

그러다가 처참하게 버려지면

머리에 꽃 달고
라라라 자유를 입어야지
　　—「라라라」 전문

화자는 결국 "그곳으로 향하는 시선을 *끄고 무심*"하기로

결심한다. 낭만주의적 동경의 나래를 잠시 접은 화자는 이제 "느리게 고개 돌리고" 한 곳을 향하여 직진하던 "걸음도 곡선을 그리며" 여유롭게 현실 속으로 우회하여 걷기로 다짐한다. "허공에 마음 둥둥 띄워놓고" "별"과 놀며 "마음 가는 대로 발길 닿는 대로 어슬렁거리다 산딸기도 따먹고 오디도 따먹"으며 자연 속을 산책한다. "눈 오면 연못처럼 오는 눈 다 받아 안고 꽁꽁 얼어야지"라고 노래하고 "어느 따스한 입김에 녹아 흐를 때까지 깊고 깊은 꿈꾸어야지"라고 다짐하는 5연과 6연에서 화자는 현실을 있는 그대로 수용하는 자세를 보여준다. 만약 그렇게 처절하게 몸부림쳤음에도 불구하고 현실에서 "처참하게 버려진다면" 그때는 완전한 해방의 자유를 누리리라 다짐한다. "머리에 꽃 달고 라라라" 노래 부르며 해방의 "자유"를 누리리라고 근원적 자유에의 갈망을 노래한다.

4. 사랑의 근원적 불가능성과 삶의 무상성

세월은 무상하고 사랑의 근원적 불가능성은 언제나 사람의 가슴에 깊고도 짙은 상흔을 남긴다. 사랑이 뜻대로 되지 않는 것이 확실해 질 때 현대인은 정신분석가를 찾는다. 정신분석가는 현대의 소크라테스이다. 사랑의 경험은 사랑

자체의 한계를 경험하는 일이다(장 알루슈, 「라캉의 사랑」).
아무리 현재진행형이고, 강렬하고, 심지어 열정적인 것이라 해도 사랑의 경험은 자체적으로 한계를 가질 수밖에 없는 것이다. 사랑의 경험의 한계 지어진 성격이 드러나는 이러한 사랑의 형상을 우리는 "라캉의 사랑amour Lacan"이라 부를 수 있을 것이다. 사랑한다는 것, 그것은 타자를 홀로 있게 하는 것이다. 실질적으로 홀로 있게, 그럼에도 불구하고 사랑받게 하는 것이다.

해를 연모한 벌이었을까

깨지게 아픈
달가슴
금 간 자리

옥도끼로 제 가슴
찍은 자리

아, 베어 넘어가지 않는
외사랑!
—「계수나무」 전문

위의 시에서 보듯 사랑은 합일시키지도 않고 "하나"를 만들지도 않지만, "둘이 되는 것을 허용하지도 않는다. 사랑받는 사람에게는 무슨 일이 일어나는 걸까? 그는 사랑받지만, 그렇다고 해서 그에 못지않게 소중한 그의 고독을 헤치는 사랑으로부터 사랑받는 것은 아니다. 그는 사랑받으면서 사랑받지 않는다고 느낄 수도 있고, 동시에 사랑받지 않으면서 사랑받는다고 느낄 수도 있을 것이다. 그는 얻어지지 않는 사랑을 얻을 것이다.

> 이번 生에도
> 널 찾으러 왔다가
> 나노 못 찾고 가려나 보다
> ―「상사화」부분

얻지 못함으로써 얻는 이러한 사랑은 고독의 메아리이자, 반대편이며, 그렇게 홀로인 것은 아니다. 도널드 위니컷이 「홀로 있는 능력」이라는 제목의 논문에서 환기시킨 누군가의 눈앞에서의 행복한 고독이라는 것이 바로 우리가 찾는 고독과 유사한 것이 아닐까? 사랑에 관한 라캉의 담론은 시인에게 자리를 내주면서 지워진다.

소화야,
담 너머로 고개 내밀지 마라
떠난 임은 님이 아니라
이미 남이니

눈멀도록 사랑한다는 말
사랑이 아니라 집착이니

기다리다 기다리다
뚝뚝,
꽃 떨어지는 슬픔아

봐라, 봐!
거울 좀 들여다보란 말이다!

청춘이 통째로 지는구나
소화야,
이 어리석은 사랑아
　　―「능소화」 전문

　삶의 무상성과 함께 사랑에 대한 근원적 불가능성과 맹목성을 보여주는 위의 시에서 우리는 생의 근원적 비극성에 공감하게 된다. 우리의 삶이 서글픈 것은 아래의 시에서

처럼 모든 것이 변하고 흘러간다는 사실 때문이다.

쏟아놓으면 금세 날아가 버리는

매미 소리 따라 뒤쫓아간 피리 소리

길을 잃은 건지 저를 잃은 건지

부운사 깊은 계곡으로 사라져

영영 되돌아오질 않네

부운사 삼층석탑을 돌던 매미껍질도

눈시울 퉁퉁 부은 계곡물에 휩쓸려 떠나고

─「부운사浮雲寺」 부분

5. 낭만적 서정 혹은 만물교감의 세계

살아있는 모든 것들이 상존하지 않고 소멸한다는 삶의 무상성이 초래하는 슬픔과 비극성은 사람들로 하여금 살아있는 현재의 삶을 즐기라고 부추긴다. 특히 문명의 발달로 인하여 자연과 단절된 인간의 삶이 마치 고향을 잃어버린 나그네처럼 삭막하여 쓸쓸하고 낯선 이방인처럼 소외감을 느낄 때, 시인은 자연으로 다가가 전원의 소리를 들어보라고 권한다.

네모난 세상을 *끄고*
눈 감으니

귀가 열리고
마음의 창도 열려

새소리 날아들고

내 사유의 못에
창포꽃 입술 연다
— 「창포꽃 입술」 전문

위의 시에서 "네모난 세상"은 문명의 대표적 표상인 텔레
비전과 컴퓨터의 모니터를 연상시킨다. 화자는 그 "네모난
세상을 *끄고*" 조용한 휴식과 함께 눈을 감고 들으니 "귀가
열리고 마음의 창도 열려" 자연의 소리가 들린다고 말한다.
"새소리"를 비롯한 다양한 자연의 소리들은 화자로 하여금
꽉 막힌 네모난 세상을 나와 "창포꽃 입술"을 열고 "사유의
못"에 풍덩 빠지게 한다. 상처 입은 인간의 영혼은 자연에
가까이 다가갈 때 치유의 은총을 입게 되는 것이다.

후드득, 꽃 지나가고
손 흔들며 단풍 지나가듯

소문처럼 그대 떠난 그날 이후로

가로수에 소복이 내려앉은 눈이
그대 환한 미소 같아서

계곡물 녹아 흐르는 소리
그대 목소리 같아서

양지꽃에 내려앉은 봄 햇살이
그대 온기 같아서

그대역 지나는 차창에
가만히 손 가져 댄다오

어디에도 없으나
어디에나 있는 그대
　　　　　　　　　—「그대역」 전문

　이번 시집의 표제시이기도 한 위의 시에서 화자는 무상
한 세월 속에서 "소문처럼" 떠난 그대가 삼라만상의 자연을 통해서 되살아옴을 느끼고 있다. "가로수에 소복이 내려앉은 눈"이 "그대 환한 미소"처럼 다가오고, "계곡물 녹아 흐르는 소리"가 "그대 목소리"로 들려오고 "양지꽃에 내려앉은 봄 햇살"이 "그대 온기"처럼 따사롭게 느껴진다. 그러한 사물들은 그대라는 "역"을 지나는 "차창"처럼 느껴져서 화자는 "가만히 손을 가져"다 댄다. "그대"라는 결핍의 대상이 삼라만상의 대상으로 부활하여 다가옴을 보여준다. 그러므로 "어디에도 없으나 어디에나 있는 그대"라는 역설이 성립되는 것이다. 이러한 경지는 운문선사가 말한 "나날이 좋은 날이요, 곳곳이 즐거운 곳[日日是好日 處處是樂處]"의 세계와 닿아 있다. 이러한 낭만적 서정은 연속적 세계관에 닿아 있다. 이는 곧 이 다 서로 연결되어 있다는 만물교감의 세계를 말한다.

뻐꾹— 뻐꾹—

이 산 저 산
메아리를 심어 키우는
뻐꾸기 소리에

산딸기 볼이
빨개졌다

—「초여름」 전문

"뻐꾸기 소리"와 "메아리" 소리에 "산딸기 볼"이 "빨개지"는 세계가 곧 보들레르가 "correspondances"라고 칭한 만물교감의 세계가 아니겠는가. 이러한 세계에서 노니는 화자의 감각 또한 자연에 동화되어 춤을 춘다.

발바닥에 풀물이 번져도
코끝은 향기로워라

별이 뜨고 풀벌레 소리 우거진 마을에서
두 발이 춤을 춘다

—「진흙발」 부분

"발바닥에 풀물이 번져도 코끝은 향기로"운 세계, "별이 뜨고 풀벌레 소리 우거진 마을"의 만물교감의 세계에서는 화자의 "두 발" 또한 "춤을 추"게 되는 것이 아닐까? 이러한 전원생활 혹은 산골생활의 일상은 어떠할까?

일생의 벗과 산골에 들어
월요일엔 술을 빚고

화요일엔 차를 덖고

수요일엔 산나물과 버섯을 따고

목요일엔 묵을 쑤고

금요일엔 단술을 만들어

토요일에 지인들 불러

날이 새도록

술잔에 달을 키워 마시고

찻잔에 해를 우려 마시며

그렇게 무럭무럭 늙어가리

— 「산골에 들어」 전문

　화자가 꿈꾸는 전원생활의 이상을 보여주는 위의 시에서
화자는 "일생의 벗"과 함께 "산골에 들어" 월요일부터 금요
일까지는 "술을 빚고 차를 덖고 산나물과 버섯을 따고 묵을
쑤고 단술을 만들어 토요일엔 지인들 불러" 날이 새도록 술
과 차를 마시며 "그렇게 무럭무럭 늙어가"고 싶다고 말한
다. 이러한 화자의 낙관적 비전은 이 시집의 마지막에 있는
시 「새해」에서도 다음과 같이 이어진다.

찾아가지 않아도

맞이하러 가지 않아도

해 찾아오고
달 찾아오고
꽃 찾아올 테니

차 우려놓고
거문고 소리나
풀어놔야겠다
— 「새해」 전문

　세월은 말없이 흐르고 『중용』에서 말하듯이 '능구能久' 즉
언제나 변함없이 성실하게 "해 찾아오고 달 찾아오고 꽃 찾
아오"는 수고로움을 그치지 않는다. 그러한 자연의 섭리에
맞추어 화자 또한 무위자연하며 "차 우려놓고 거문고 소리
풀어놓"는 유유자적의 삶을 다짐하고 있다.

6. 탁월한 이미지스트 시인

　채들 시인은 탁월한 이미지스트로서의 조형능력을 보여
준다. 이러한 이미지 조형능력은 시인으로서의 가장 기본
적인 자질이고 관념을 육화시켜 형상하는 이미지 구사력은
시인의 가장 큰 미덕이기도 하다. 시인은 누구나 자신이 전

달하고 싶은 관념이나 실제적 경험 또는 상상적 체험들을 미학적 형태로 형상화하고 싶어 한다. 이때 가장 효과적인 전달수단이 이미지 혹은 상싱이 된다. 이미지는 언세나 독자들로 하여금 사물에 대한 감각적 경험을 환기하고 추상적 의미를 전달한다.

찌그러진 달이
향기롭다

늦가을
나뭇가지에 걸린
서리 맞은 달
—「모과」 전문

위의 시는 "모과"와 "달"이라는 사물을 연결하여 늦가을의 정서를 환기한다. "찌그러진 달"의 시각적 이미지가 "향기롭다"라는 후각적 이미지와 결합됨으로써 공감감적 이미지를 보여주고, "늦가을"이라는 시간적 배경과 "나뭇가지에 걸린 서리 맞은 달"이라는 시각적 이미지가 결합되어 형태는 짧지만 복합적인 감각의 풍경화를 완성한다.

자욱한 걸음으로
무산선사霧山禪師
다녀가신 후

무슨 말씀
빽빽이 남기셨길래

설악의 귀때기가
빨갛다
　— 「설악의 가을」 전문

　위의 시에서는 무산선사의 "말씀"이라는 청각적 이미지
와 "설악의 귀때기가 빨갛다"는 시각적 이미지가 결합되는
공감각적 이미지를 통해서 단풍이 물들어가는 설악의 풍경
을 형상화하고 있다. 이러한 기본기 훈련이 잘 된 시인은 다
음의 시에 오면 불교라는 추상적 관념과 "외발로 선 학"과
하얀 연꽃이 연결되어 화자의 불교관을 시각적으로 잘 보
여주고 있다.

　청운사 가는 길 연못에
　학들이 서 있다

경을 읽고 있는 중이다

외발로 서서 읽는 경소리
은은한 향기로 퍼진다

다 읽고 나서 학의 무리
흰 날개를 펴고

못 속 깊은 하늘로 날아간다

떠난 자리에
설법 하나씩 남아 있다
— 「백련」 전문

위의 시에서 화자는 "청운사 가는 길" 옆에 있는 연꽃을
"학"의 이미지로 변용시켜 "경을 읽고 있다"는 활유법을 통
해 표현함으로써 연꽃의 향기가 퍼져 나가듯이 불교의 가
르침이 확산되어 감을 표현한다. 이 시는 불교와 불교의 가
르침을 상징하는 연꽃과 학을 연결하여 한 폭의 아름다운
동양화 속에서 불교의 이미지를 구현하고 있다. 이제 좀 더
동적인 이미지를 보여주는 시 한편을 보기로 한다. 다음의
시는 거미가 서쪽 하늘에 그물을 쳐 놓고 해를 낚는 생동감

이 넘치는 과정을 매우 감각적으로 그리고 있는 시 「거미의
해」와 함께 탁월한 동적 이미지 조형능력을 보여주고 있다.

    큰 절이 저를 놔두고
    어디 갈까 봐

    처마 끝 꼭
    붙들고 사는 물고기

    그래도 심심하면 풍경소리로
    산 아랫마을까지

    댕그랑 댕그랑
    마실 갔다 온다
    ―「처마 끝 물고기」 전문

   위의 시는 사찰의 처마 끝에 매달린 풍경을 "물고기"로
환원하여 이를 청각적 이미지인 "풍경소리"가 퍼져가는 모
습을 "산 아랫마을까지" "마실 갔다 온다"고 표현함으로써
마치 살아있는 사물처럼 생동감 있게 그리고 있어 인상적
이다.
   이처럼 탁월한 이미지 조형능력을 바탕으로 한 채들의

시는 시작행위를 통해 세속의 삶에 흔들리는 자신의 마음을 추스르고 언어를 통한 자기수행을 실천한다. 언제나 미소를 잃지 않는 평상심의 삶을 꿈꾸지만 문명의 현장에서는 여의치 않다. 삶의 무상성과 사랑의 근원적 불가능성, 존재의 근원적 불안을 벗어나 진정한 자유를 갈망하던 화자는 마침내 자연과 전원 속에서 삼라만상 속에 '그대'가 내재하고 있다는 깨달음에 이른다. 모든 사물이 서로 연결되어 있다는 만물교감과 낭만주의의 연속적 세계관을 바탕으로 전원적 서정의 삶을 꿈꾸는 화자는 이제 산골과 자연을 가까이 하는 삶을 구현을 통해 세상의 상처와 불안을 치유하고 평상심의 경지, 안빈낙도의 삶에 도달한다. 이러한 채들의 노력이 보다 높은 정신세계와 완미完美한 언어의 경지에 이르러 세속적 삶에 지친 독자들에게 평화와 아름다움이 공존하는 '새싹'과도 같은 신선한 경책과 위무의 시를 보여주기를 기대한다.

쏠트라인작품집

그대역

초판 발행일	2024년 11월 10일
지은이	채 들
펴낸이	고미숙
편 집	채은유
발행처	쏠트라인saltline
신고번호	제 2024— 000007 호 (2016년 7월 25일)
등록번호	206— 96— 74796
제작처	08589 서울시 금천구 가산디지털1로 119
	31565 충남 아산시 방축로 8
이메일	saltline@hanmail.net
ISBN	979-11-92139-63-0 (03810)
가격	12,000원

•이 책은 2024년 예술활동준비금(일반)을 지원받아 제작하였습니다.